# NOTA A LOS PADRES

Aprender a leer es uno de los logros más importantes de la pequeña infancia. Los libros de *¡Hola, lector!* están diseñados para ayudar al niño a convertirse en un diestro lector y a gozar de la lectura. Cuando aprende a leer, el niño lo hace recordando las palabras más frecuentes como "la", "los", y "es"; reconociendo el sonido de las sílabas para descifrar nuevas palabras; e interpretando los dibujos y las pautas del texto. Estos libros le ofrecen al mismo tiempo historias entretenidas y la estructura que necesita para leer solo y de corrido. He aquí algunas sugerencias para ayudar a su niño *antes*, *durante* y *después* de leer.

## Antes
- Mire los dibujos de la tapa y haga que su niño anticipe de qué se trata la historia.
- Léale la historia.
- Aliéntelo para que participe con frases y palabras familiares.
- Lea la primera línea y haga que su niño la lea después de usted.

## Durante
- Haga que su niño piense sobre una palabra que no reconoce inmediatamente. Ayúdelo con indicaciones como: "¿Reconoces este sonido?", "¿Ya hemos leído otras palabras como ésta?"
- Aliente a su niño a reproducir los sonidos de las letras para decir nuevas palabras.
- Cuando necesite ayuda, pronuncie usted la palabra para que no tenga que luchar mucho y que la experiencia de la lectura sea positiva.
- Aliéntelo a divertirse leyendo con mucha expresión... ¡como un actor!

## Después
- Pídale que haga una lista con sus palabras favoritas.
- Aliéntelo a que lea una y otra vez los libros. Pídale que se los lea a sus hermanos, abuelos y hasta a sus animalitos de peluche. La lectura repetida desarrolla la confianza en los pequeños lectores.
- Hablen de las historias. Pregunte y conteste preguntas. Compartan ideas sobre los personajes y las situaciones del libro más divertidas e interesantes.

Espero que usted y su niño aprecien este libro.

—Francie Alexander
Especialista en lectura
Scholastic's Learning Ventures

A Barbara, por supuesto,
y un abrazo para Emilie.
— S. B.

Para obtener información acerca de autores e ilustradores de Scholastic,
consulte www.scholastic.com

Originally published in English
as *All Tutus Should Be Pink*.

Translated by Susana Pasternac.

ISBN 0-439-25985-1

**Library of Congress Cataloging-in-Publication
number PZ73.B6857 2001**

12 11 10 9 8 7 6 5 4 3 2 1                                        01 02 03 04 05
First Scholastic Spanish printing September 2001

# TODOS LOS TUTÚS deberían ser rosas

por Sheri Brownrigg
Ilustrado por Meredith Johnson

**¡Hola, lector! — Nivel 2**

Scholastic Inc.

New York  Toronto  London  Auckland  Sydney
Mexico City  New Delhi  Hong Kong

La TIENDA del TUTÚ

¡Me encanta mi nuevo tutú!

La TIENDA del TUTÚ

Es rosa.

Antes tenía otro tutú rosa,
pero me quedó chico.

Ahora lo usa mi
perro Pepe-Pierre.

Emily también tiene un tutú rosa.

Es mi mejor amiga.

Nos ponemos nuestros tutús para ir a todas partes:

Para ir de compras.

Para ir al cine.

Y hasta en la playa.

En realidad los tutús
los tenemos para la
clase de ballet.

La persona que más nos gusta es la señorita Ivonne, nuestra maestra de ballet.

Ella fue una famosa bailarina de tutú rosa.

Lo sabemos porque hay
fotos de ella en el
estudio de danza.

Cuando seamos grandes, nosotras también queremos ser famosas bailarinas de tutú rosa.

¡Pero aunque fuéramos conductoras de camiones seguiríamos usando nuestros tutús rosas!

Las clases de ballet
parecen divertidas,
pero son muy difíciles.

A veces es tan difícil,
que Emily piensa
que se va a desmayar.
Y lo queremos dejar.

Entonces, nos miramos en el espejo y al ver lo bien que lucimos...

...seguimos bailando.

Los tutús hacen un ruido mágico,
que suena como *swuushhhh*,
cada vez que nos movemos.

A veces nos movemos un poquito
más para oír más veces
el *swuushhh*.

Algunas niñas de la clase
sólo usan sus tutús
en el escenario.

Para Emily y para mí,
el mundo entero es un escenario.

Después de la clase de ballet
¡tenemos tanta hambre!

Tenemos que comer
helados de fresa.
¡Sólo de fresa, por favor!

Así, si se cae algo
en nuestros tutús, no se ve,

porque también son rosas.

Por eso todos
los tutús deberían ser rosas.
¡Me encanta mi nuevo tutú!